毛毛蟲過河

管家琪◎著 貝果◎圖

播下美好品德的種子／管家琪

由於去年《影子不上學》、《不可思議的一天》、《東東和稻草人》三本「品德童話」受到很不錯的回響，今年我們再接再厲繼續推出《毛毛蟲過河》、《最豪華的機器人》和《遇到一隻送子鳥》這三本圖文書，希望大家都會喜歡。

所謂「品德童話」，就是在每一個童話中都有一個中心思想，而每一個中心思想都是一個良好的品德。我們並不想刻意地「為教育而教育」，板起臉來道貌岸然的教訓小朋友，我們只想用圖文並茂的方式來悄悄的感染小朋友。

如果說讀一本書就能對孩子產生多麼大又多麼好的影響，無疑是非常誇張的，甚至可以說是非常狂妄的，更何況培育孩子主要仍然是要依靠家庭教

育和學校教育，不過，期望孩子能受到一點點好的感染卻應該還是有可能的吧。

　　就在我寫這段文字的時候，從報上讀到一篇報導，美國新任總統也是美國有史以來第一位非洲裔的總統歐巴馬表示，英國畫家瓦茲的畫作《希望》曾讓他深受震撼和激勵，歐巴馬認為這對他的一生有著巨大的影響；現在很多人寄望歐巴馬做「林肯第二」，也能成為一個偉大的總統，而影響林肯至深的則是十九世紀美國作家斯陀夫人一部現實主義傑作《黑奴籲天錄》（又名《湯姆叔叔的小屋》）……古今中外許許多多的例子告訴我們，文學藝術所能產生的感染人心的力量，有時確實是相當驚人的。

　　「寓教於樂」一直是教育的最高境界。對於我們每一個兒童文學工作者

來說，如果在享受創作的同時，也能不忘這一追求，善盡一份社會責任，關心孩子們的成長，那將是一件多麼美妙的事。

　　孩子的童年是多麼地重要，我們希望能在孩子這個至關重要的階段，播下一顆顆美好品德的種子，隨著他們慢慢長大，希望這些小小的種子能悄悄發芽，在無形之中引領著他們成長為一個正派高尚的人。

　　沒有什麼比「做一個好人」來得更可貴的了！在孩子們長大以後，不管他們會從事什麼樣的工作，在社會上哪一個崗位奉獻他的心力，只要他有良好的品德以及正確的價值觀，他都會是一個有用的人，也自然能得到大家的敬重，否則就算是表面一時上再怎麼風光成功，一個無德之人終究還是一個失敗者，也必定還是會遭到世人的唾棄。

主動掌握自己的命運／管家琪

心理學家說，在面對問題的時候，一般人的反應無非是兩種——迎難而上，或是立刻閃躲。

你會是哪一種呢？

大多數人往往都會採取閃躲。也正因為如此，對於那些有勇氣迎難而上的人，我們總是非常佩服。

當然，閃躲未必有什麼不好，保守也未必有什麼錯。難題當前，有時候選擇逃避現實，把問題丟給等待，也是一種處理問題的方式，而時間往往也確實能夠解決一些問題，但是，篤信保守主義的凡夫俗子在命運的面前將始終是一個被動者，只有那些有勇氣面對現實，並且迎難而上的人才是主動者，才有資格、有機會來改變自己的命運，開創新局。

讓我們勇敢地面對自己吧，同時，勇敢地說出自己真實的意見，勇敢地反對錯誤的事情，勇敢地面對困難、並且設法克服，勇敢地挑戰舊有既定的一切，努力追求建造一個更好的世界……此外，還要隨時勇敢地自我檢討，承認錯誤……

　　「勇氣」就是這樣一種東西——沒有它，日子其實也一樣照過，但如果有了它，你就會活得很精采，人性中許多難能可貴的光明面也將因此而受到激發。

勇敢的真諦／管家琪

到底怎麼樣才是一個勇敢的人？

敢和別人吵架打架就是勇敢嗎？

還是動不動就做出「路見不平一聲吼，該出手時就出手」這樣豪俠般的舉動才是勇敢？

其實，不僅好勇鬥狠絕不能叫作勇敢，就連見義勇為，如果過於盲目，錯估形勢，儘管行為本身是勇敢的，但若因此造成無謂的犧牲，也不值得鼓勵，因為那也是對於勇敢精神的一種誤解；我們為人當然要勇敢，但也要機智。

真正的勇敢，應該表現在當你面對艱難險阻的時候，能不怕吃苦、不怕坦承錯誤、不怕重頭再來的一種無畏和堅強。真正的勇者，往往不是那些喜歡張牙舞爪、大呼小叫、滿嘴狠話的人，他可能總是很平靜，或者很不起眼，然而一旦面臨考驗，他就會表現出非凡的勇氣，令別人永遠都難以忘懷。

最勇敢的平平╱貝果

　　一個秋日早晨，我正在為花兒澆水，轉身時被嚇了一跳，放在角落的柚子盆栽上，竟然出現了好幾隻毛毛蟲。

　　牠們是什麼時候住進來的呢？我又驚又喜，這小盆栽，我經常忘了它的存在（事實上，是常忘了幫它澆水），蝴蝶媽媽怎會選在這兒下蛋呢？

　　我想，可能是這個位置很低調，連鳥兒都不容易發現吧！原來，蝴蝶媽媽是聰明的。於是，接下來的日子裡，我開始了蝴蝶媽媽交辦的「超級奶爸任務」。

　　經過了十幾天，毛毛蟲終於長大、成蛹、羽化，蛻變成美麗的蝴蝶。在不捨送走牠們之後，平平、安安這兩隻毛毛蟲，卻再次闖入了我的生活。

　　不過，這次的任務可沒那麼簡單，因為，平平想像小河左岸的景致很

美，牠打算「過河」去看看。什麼？平平要過河？連安安聽了都大吃一驚，對於一隻毛毛蟲而言，過河是個非常瘋狂的想法啊，我得要想想怎麼幫助牠才行呢！

　　嗯……？有了！我可以幫牠畫一艘堅固、舒適的葉子小船，讓牠可以安全的划到對岸；幫牠畫頂帽子，擋擋會把人曬昏的大太陽；再加上一面有著笑臉的旗幟，一路陪伴牠。

　　至於平平還需要什麼呢？那就是「勇氣」。勇氣我沒辦法畫給牠，可是我知道，平平是我認識的毛毛蟲裡，最勇敢的一個。

　　勇敢的平平要過河囉！我們一起為牠加油吧！

【繪者小檔案】

貝果，熱愛繪本及插畫創作，覺得孩子的笑容是世上最美的畫面。

雖然身處城市中，但我的心裡有一座森林，那兒有許多可愛的小動物，

經常可以聽到孩子們的笑聲，還有一個長不大的小孩，在森林裡散步。

作品曾獲：信誼幼兒文學獎、Book From Taiwan 國際版權推薦、

義大利波隆那兒童書展台灣館版權推薦、好書大家讀入選、新聞局中小學生優良課外讀物等。

繪本作品：《藍屋的神祕禮物》。

插畫作品：《蜜豆冰》、《妙點子商店》、《阿咪撿到一本書》等20餘本。

部落格：http://www.wretch.cc/blog/bagelstyle

毛毛蟲◎安安

毛毛蟲◎平平

◎青蛙

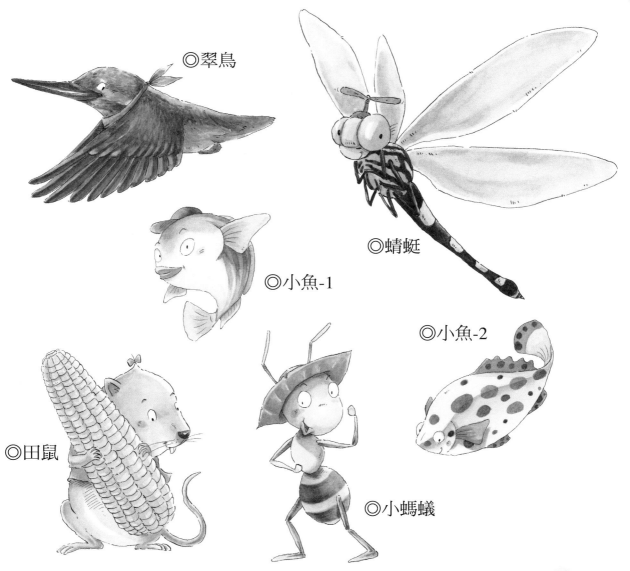

◎翠鳥

◎蜻蜓

◎小魚-1

◎小魚-2

◎田鼠

◎小螞蟻

15

　　有兩隻毛毛蟲，一隻叫作平平，一隻叫作安安。

　　他們待在一條小河的右岸，一起靜靜地望著小河。他們都覺得小河很美，而小河的左岸看起來似乎更美。

　　「真想去左岸看一看。」平平說。

　　「是啊，我感覺那裡一定很棒。」安安說。

　　一個念頭忽然在這時閃過平平的腦海。

平平提議道：「乾脆咱們倆一起過河吧，一起去左岸看看。」

「什麼？你說什麼？」安安大吃一驚。

「一起過河。怎麼啦？你不是也覺得那裡很棒，也想過去看看嗎？」

「可是——瞧你說得那麼輕鬆，就好像是邀我一起吃一片嫩葉似的，你知道你在說什麼嗎？過河？多危險啊！」

平平充滿自信地說：「我認為只要咱們倆同心協力，一定能夠做到。」

安安卻說：「拜託，同心協力也要看情況啊，我才不想和你同心協力一起去送死呢。」

「那你剛才說也想去左岸看看是騙我的？」

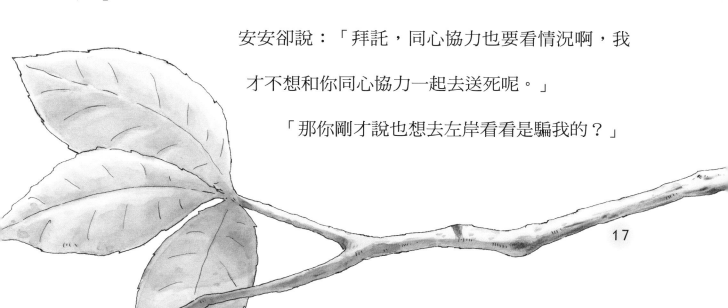

17

「那倒不是，我沒騙你，我確實也想去看看，可我不想過河，過河太危險了！」

平平叫起來，「不過河，怎麼去看看呀！」

「會有辦法的，咱們再等等、再想想吧——咦，有了！」安安高興地嚷起來，原來，他看到一隻蜻蜓正從不遠處飛過來，立刻打起了蜻蜓的主意。

「蜻蜓先生！」安安招呼著：「請問您是從那裡過來的嗎？」

所謂「那裡」，指的自然是小河的左岸。

「沒錯，」蜻蜓說：「我是從那裡來的。」

平平一聽，馬上以熱切的口氣搶著問道：「那裡很美吧？」

「是很美──」

「你能帶我們過去嗎？」安安打斷了蜻蜓的話，充滿期待地提出了要求。

蜻蜓嚇了一跳，「啊，你說什麼？你再說一遍？」

安安說：「你能帶我們過去嗎？我們想到那裡去看看，可是我們不會游泳，也不會飛，所以我們想請你帶我們過河──」

「不不不，別開玩笑了，」這回是蜻蜓打斷了安安的話，「那裡雖然很美，可是很危險哪！」

蜻蜓告訴平平和安安，就在不久前，就在小河的左岸，他先是被幾個小男孩追逐，在瘋狂

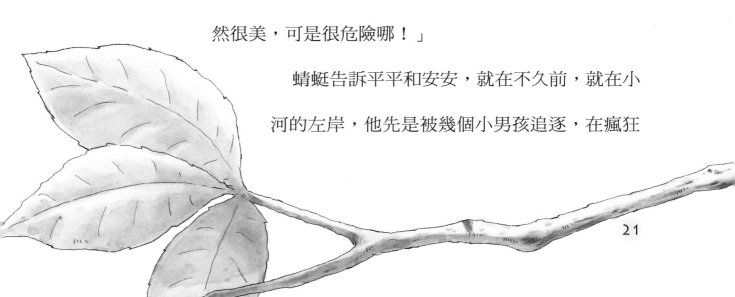

21

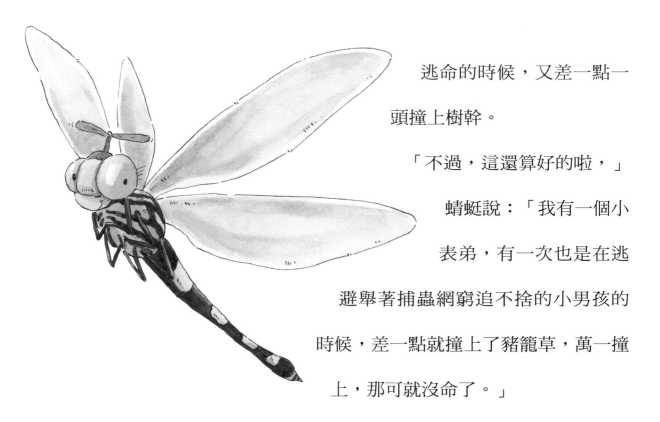

逃命的時候，又差一點一頭撞上樹幹。

「不過，這還算好的啦，」蜻蜓說：「我有一個小表弟，有一次也是在逃避舉著捕蟲網窮追不捨的小男孩的時候，差一點就撞上了豬籠草，萬一撞上，那可就沒命了。」

「豬籠草是什麼？」平平問。

「那是一種長相怪異，腦袋頂上還有一個小蓋子的傢伙，明明是植

物，卻偏偏老是吃葷，特別喜歡跟我們昆蟲家族作對。」

「有這麼可怕的東西？」平平看看安安，「我們都不知道！」

「那是因為你們還小吧，」蜻蜓說：「小朋友，你們不知道的事情可多了，外面的世界——至少在你們現在想去的那個地方，雖然很美，可是也有很多危險，反正我是不想再去了。」

說著，蜻蜓振振翅膀，一副準備要走的樣子。

平平問：「你要走了？你要去哪裡？」

蜻蜓說：「我要去找一個又美又沒有危險的地方。」

留下這句話，蜻蜓就飛走了。

「一個又美又沒有危險的地方？」平平重

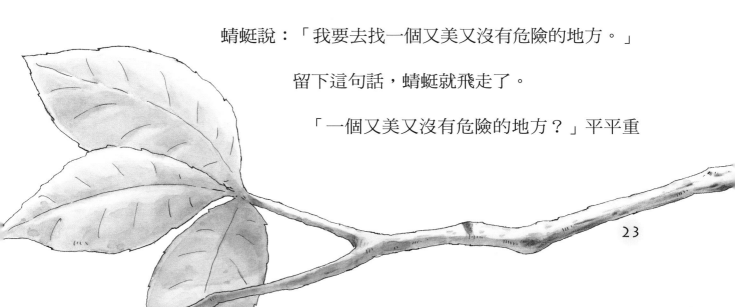

覆著，疑惑地望著蜻蜓逐漸遠去的身影。

「噯，你聽到啦，」安安說：「我看，咱們還是打消念頭吧！」

平平望著小河的左岸，那兒看起來綠草如茵，十分寧靜，真的是美極了。

平平想了一會兒，下定決心道：「不行，我還是想去。」

「老實說，我也是，」安安說：「可是，你剛才也聽到了啊，那裡有危險，再加上又沒有人帶我們去，所以，我看還是算了吧。」

平平還是不肯放棄，堅持道：「沒人帶我們，我們可以自己想辦法呀。」

安安說：「別說傻話了，能有什麼辦法呀──」

安安的話還沒有說完，突然，有一個聲音應

道：「我倒是可以告訴你們一個辦法。」

「是誰？」安安東看西看，沒找到那個聲音是從哪裡發出

來的。

平平也轉動著小腦袋看了半天，也沒找到。

「請你們往下看。」那個聲音提示著。

平平和安安低頭一看，幾乎是同時發現了是誰在跟他們的說話。

「螞蟻先生！你好呀，」平平說：「請問您有什麼好辦法

呢？」

一隻扛著一粒大米的小螞蟻，老氣橫秋地說：「你們想過河對

不對？我知道該怎麼過河，很簡單啊，只要找到一條適合的小船就行了。」

「適合的小船？」平平問道：「這要到哪裡去找啊？」

「喏，那裡不就有很多嗎？」螞蟻指著前方一堆落葉，神氣地說：「有一次，我就是划著那樣的小船，橫渡了一個好大好大的洋面呢。」

（其實，那只不過是一灘水而已！）

看到那堆落葉——不，應該說是一條條小船，平平眼睛一亮，充滿驚喜地說：「哎呀，太好了！我怎麼早沒想到呢！螞蟻先生，真是謝謝你！」

「不客氣，那你們自己去找吧，也許還可以找到雙人座的。我得走了。」說完，螞蟻就扛著大米離開了。

「那當然得找雙人座的，對不對？」平平高興地說：「安安，咱們可以過河了！」

沒想到，安安卻說：「不，我不想。」

「不想過河？你怎麼又改變主意了？」

「不，是不想這樣過河，我覺得太危險了！咱們再想想別的辦法吧！」

「可是我覺得這個辦法已經很好了啊！」平平躍躍欲試道。

安安卻還是一個勁兒地直搖頭，連聲反對道：「太危險！太危

險了啊！我看咱們還是再等等、再想想，看看有沒有什麼別的更好的辦法，或者最好咱們還是放棄這個瘋狂的念頭，就待在這裡罷！這也沒有什麼不好，咱們這裡也很美啊！」

安安拚命想說服平平，平平聽了卻只是瞪著安安，又失望又生氣；他覺得安安實在是太囉唆、太膽小了！

「算了算了，」平平嚷嚷著：「我自己去好了，我自己過河！」

說完，平平也不再等安安

回答，就自己一扭一扭地朝那些小船移動，顯然是打算自己去找一條合適的小船。

安安沒有跟過去；他覺得平平只是在賭氣。

安安心想，沒關係，等平平氣過這一陣，平靜下來，一定就會自動放棄了。

安安打算先回家去睡個午覺，休息休息。然而，他才剛到家，剛剛躺下，還沒睡多久呢，就被趕來的平平給吵醒了。

「安安，快起來，快來看！」平平在窗外興高采烈地呼喊著：「咱們的

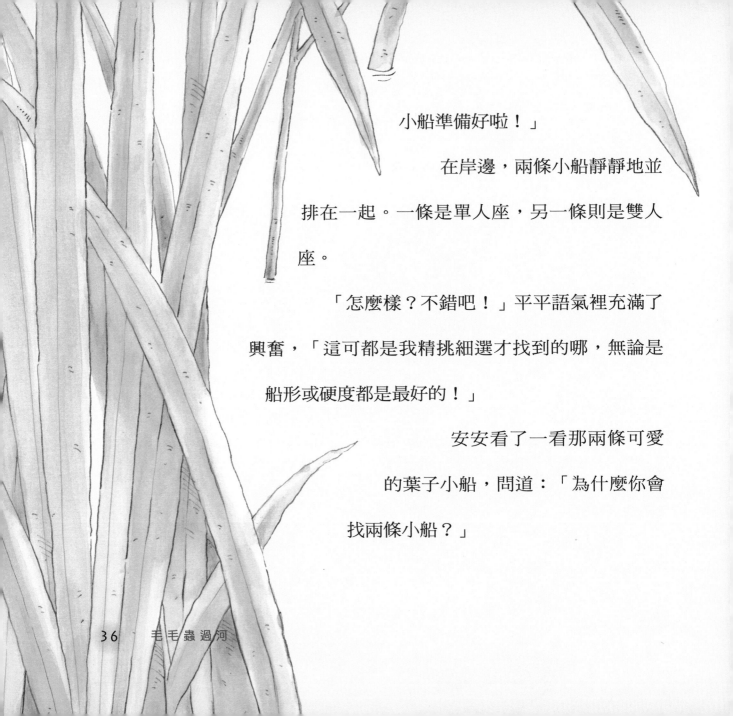

小船準備好啦！」

　　在岸邊，兩條小船靜靜地並排在一起。一條是單人座，另一條則是雙人座。

　　「怎麼樣？不錯吧！」平平語氣裡充滿了興奮，「這可都是我精挑細選才找到的哪，無論是船形或硬度都是最好的！」

　　安安看了一看那兩條可愛的葉子小船，問道：「為什麼你會找兩條小船？」

「因為──老實說，我在挑小船的時候一直在想，不知道你會不會跟我一起過河，如果我只挑雙人座的，要是你不肯走，我就得重新再挑一次，倒不如一開始就一起準備算了。」

安安笑笑，「你倒真有效率！不過，你猜的沒錯，我是不想跟你一起走，我還是想再等等，也許會有更好的辦法過河。」

「好吧，那我也不多說了，」平平說：「我打算明天一大早出發，可是出發之前我還是會在這裡等你的，如果你改變主意，我們就一起走。」

「其實你不用等，」安安以非常肯定的口氣

說：「我不會改變主意的。我說過，我也想過河，可是我不想用這麼危險的辦法過河，我要再等等，尋找安全的辦法。」

第二天清晨，從天空還是一片魚肚白的時候，平平就開始在小河邊等著安安，一直等到太陽已完全從東方升起，轉眼間金色的陽光已灑滿大地，安安卻還是沒有出現，平平這才總算是死了心，知道安安是真的不會來了。

平平默默地把自己的小包袱放進小船，再把小船推入河中。

「再見了，安安，」平平想著：「希望有一天，我們能在小河的左岸再見！」

他朝身後又望了一
眼，然後就轉過頭來，正視
前方，牢牢地抓起槳（一根小樹
枝），開始勇敢地前進。

説真的，划船這件事比平平之前所想像的要困難得多了。

他起先只用一根槳划，但是划了半天，發現實在比根本不划快不了多少，於是乾脆把備用的兩根槳也拿出來一起划。

（平平是一隻健康的毛毛蟲，毛毛蟲的胸部

都有三對「手」——其實應該

說是三對腳，總之同時划三根

槳是可以的！）

　　不過，由於缺乏訓練，平平顯得十分手

忙腳亂，不僅很難控制小船的方向，連想要

保持小船的平衡都很不容易。

　　他滿頭大汗地努力了很久，總算是慢慢抓到

一點竅門了。平平的心裡非常非常

地高興。

　　這時，已接近中午，太陽愈來愈大。平

平把小船划到蘆葦邊，想睡個午覺，休息一下，等到陽光沒那麼強的時候再繼續前進。

平平著實是太累了，才剛躺下來，下一秒鐘立刻就睡著了，還發出了毛毛蟲罕見的超大鼾聲呢。

當他醒來的時候，已是傍晚時分，霞光映照著河面，四周看起來都是柔和的金黃色的色調。

小船不在原本停靠的位置。在平平熟睡的時候，小船已不知不覺往前漂了一些，剛巧漂到青蛙演唱會貴賓席的位置。平平正是被震耳

欲聾的蛙鳴所驚醒。

　　過去平平曾經不止一次與
安安一起聆聽過青蛙們的大合唱，但是這麼
近距離的欣賞當然還是第一次，這可把平平
嚇了一大跳；聲音太大還是其次，最主要的
是那些演唱家們看起來一個個都像是龐然大物，
感覺怪可怕的。

　　平平實在不敢再待下去，趁著
還沒人注意到自己，趕緊悄悄地划走了。

　　一直划到已看不見那些演唱家們，儘管

耳邊仍然是他們宏亮的歌聲，平平方才驚恐的情緒才總算是慢慢平復下來。

「天哪！」平平驚魂甫定，心想：「以前老以為如果能在貴賓席欣賞一定很棒，原來也不見得啊！」

在月光漸漸取代了晚霞的時候，平平已經又向前划了一大段。

他不敢鬆懈，因為蛙鳴在他身後仍然響徹雲霄。平平繼續拚了命地划呀划呀，也不知道划了多久，直到終於聽不見那些充滿威脅的歌聲，平平以為自己已經離開他們離得夠遠了（其實只是因為演唱會結束啦！），平

平才停下來，不斷地喘著氣。

由於方才太過拚命，現在平平

的幾雙小手都無法控制地不斷顫抖著。

　　好不容易等到呼吸終於順暢了，平平累

得要命，又恨不得倒頭就睡。不過，這回他

吸取了下午的經驗，不但把幾根槳收好，還把小

船盡可能固定在蘆葦邊，免得第二天早上醒來小船

又不知道漂到哪裡去了。

　　「不知道明天又會碰到什麼事……」

還來不及多想，平平就已經呼呼大睡了。

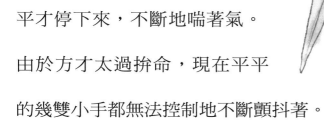

「像。」

「不像。」

「是。」

「不是。」

「我看就是。」

「我看才不是。」

　　第二天早上，平平是被一直持續又重覆的對話所吵醒

的。這場像是在爭辯什麼的對話彷彿已經進行很久了，起先平平

沒聽清楚究竟在說些什麼，也沒想到究竟是誰一直在他旁邊嘮叨，

等到意識漸漸清醒了，平平睜開眼睛一看——哎呀！原來有兩條小魚

正圍著他猛瞧呢！

　　平平嚇得趕快坐起來。

　　兩條小魚又展開新一輪的爭辯。

　　「你看，會動，一定是！」

　　「不，你記錯了，

49

不一定會動，我看一定不是！」

原來，這兩條小魚在學校裡上過「魚兒安全須知」一系列課程，其中有一堂課，就是教導他們特別要注意毛毛蟲，老師說毛毛蟲代表著危險。

（這是因為很多人釣魚時都喜歡拿毛毛蟲來當作釣餌！）

問題是，在老師上課時給小魚們看的圖片上，毛毛蟲總是抓著一根鋒利的魚鉤，不是躺在葉子小船裡，這兩條小魚從來沒見過毛毛蟲，不敢確定眼前這小傢伙就是毛毛蟲，所以才爭辯起來。

（至於「會動」和「不一定會動」，則是老師在講解時曾經說過，有時出現在釣鉤上的毛毛蟲是活的、新鮮的，自然會

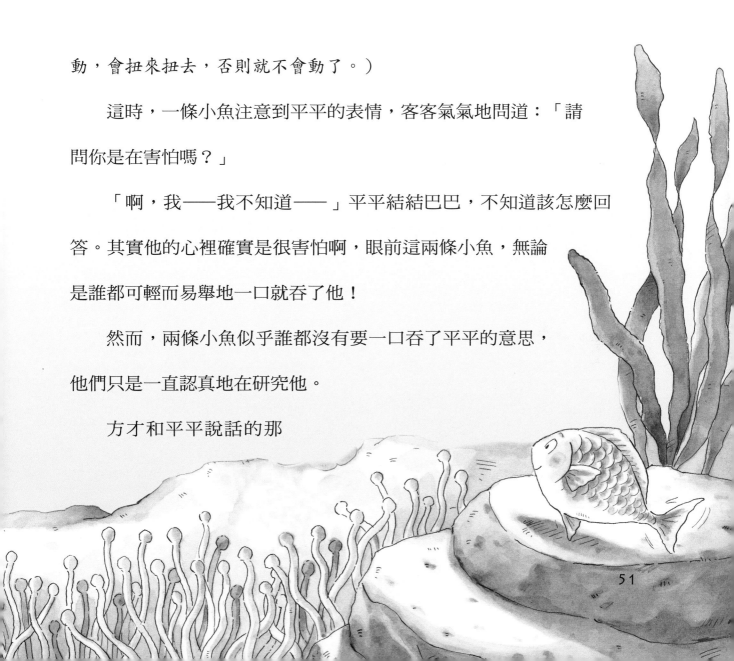

動，會扭來扭去，否則就不會動了。）

　　這時，一條小魚注意到平平的表情，客客氣氣地問道：「請問你是在害怕嗎？」

　　「啊，我──我不知道──」平平結結巴巴，不知道該怎麼回答。其實他的心裡確實是很害怕啊，眼前這兩條小魚，無論是誰都可輕而易舉地一口就吞了他！

　　然而，兩條小魚似乎誰都沒有要一口吞了平平的意思，他們只是一直認真地在研究他。

　　方才和平平說話的那

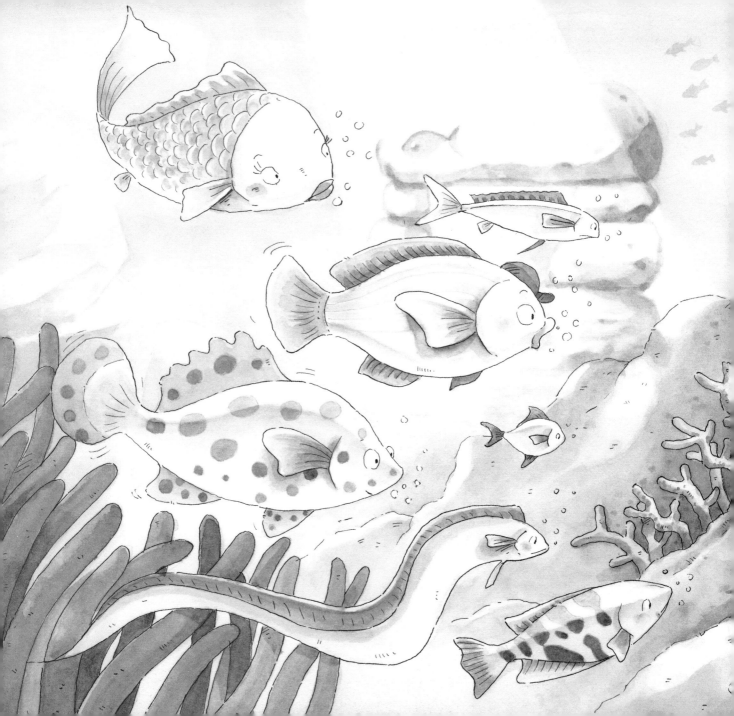

條小魚，又觀察了平平一會兒，對身旁的伙伴咕噥道：「你看，他居然會害怕，這絕對不對勁兒，他一定不是！」

（因為在老師給他們看的圖片上，毛毛蟲都是一副邪邪的、一肚子壞主意的表情哪！）

可是另外一條小魚盯著平平，怎麼看都還是覺得很像。

「會不會是老師畫錯了？」他非常懷疑地嘀咕著。

「不可能！」他的同伴不同意，「老師怎麼可能會畫錯！」

「要不然——我們直接問問看好了。」

說完，這條小魚就慎重其事地對平平說：「請問一下，你是不是毛毛蟲？」

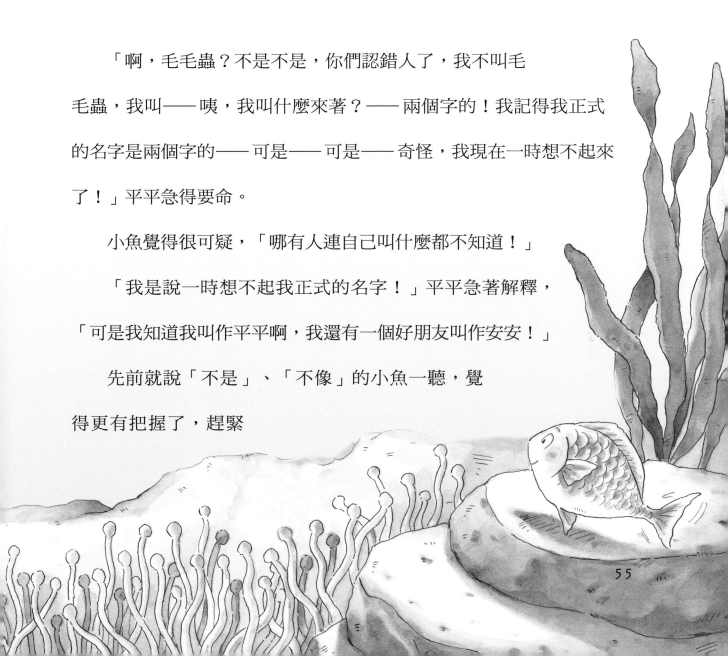

「啊，毛毛蟲？不是不是，你們認錯人了，我不叫毛毛蟲，我叫——咦，我叫什麼來著？——兩個字的！我記得我正式的名字是兩個字的——可是——可是——奇怪，我現在一時想不起來了！」平平急得要命。

小魚覺得很可疑，「哪有人連自己叫什麼都不知道！」

「我是說一時想不起我正式的名字！」平平急著解釋，「可是我知道我叫作平平啊，我還有一個好朋友叫作安安！」

先前就說「不是」、「不像」的小魚一聽，覺得更有把握了，趕緊

對伙伴說：「你看，他還有朋友，那更不對了，他一定不是毛毛蟲！」

（這是因為在他們看過的圖片上，毛毛蟲從來都是單獨出現的！）

平平還在急乎乎地大嚷：「我不是！我不是毛毛蟲！我是平平！你們真的認錯人了！」

另外一條原本堅持「很像」、「就是」的小魚現在也沒信心了，失望地說：「好吧，那──對不起，打擾了！」

在這條小魚的心裡還有一句話沒有說出來──「唉，太可惜了，我本來還以為，沒有鐵鉤在旁邊，我們就可以非常安全地嘗嘗毛毛蟲的滋味了！可是，原來老師說得沒錯，天底下真的沒有白吃的毛毛蟲，只要一吃毛毛蟲，一定就得付出可怕的代價！」

兩條小魚終於離開了。他們一離開，平平趕緊抓起三

根槳，三雙手一起發力，沒命地向前猛划，一邊划一邊還不時

回頭張望，生怕那兩條小魚再追過來！

　　幸好，那兩條小魚沒有再出現。

　　接下去一連好幾天，也都一切平靜，沒有再出現別

的危險。

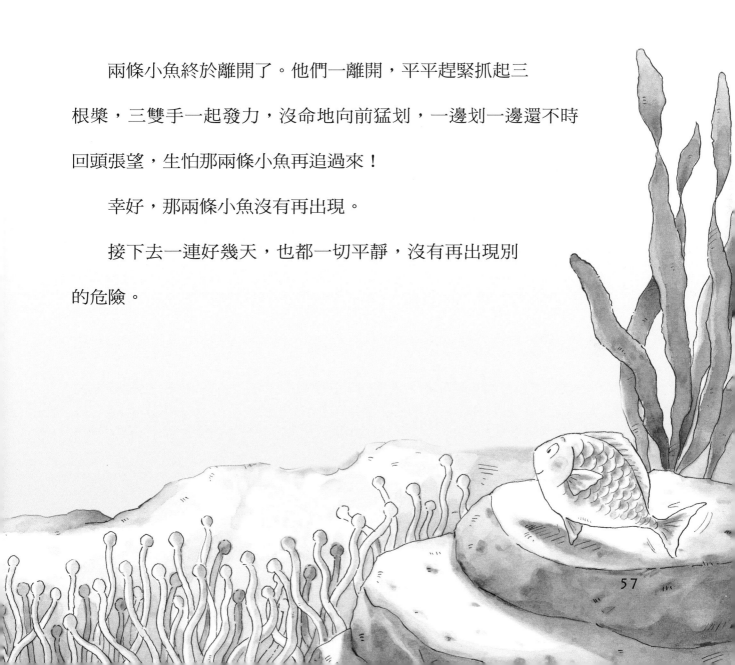

◎　　◎　　◎

一天清晨，平平一覺醒來，就有一種很不舒服的感覺。

他發現自己被卡在葉子小船裡！

「天哪！」平平吃驚地大呼道：「這條小船怎麼變小了！這沒道理

呀！」

「不對吧，是你變大了吧。」

咦，是誰在跟他說話？

平平掙扎著坐起身，看到一隻田鼠正蹲在附近一塊石頭上，友善地望著自己。

儘管平平一看就覺得田鼠的眼神很和善，可他還是嚇了一跳！事實上，自從出發以來，平平已經不是第一次受到這樣的驚嚇了，因為過去他從來不曾這麼近距離地看過青蛙、小魚，以及現在就在他眼前的田鼠。

他們看起來怎麼都那麼、那麼地巨大啊！

平平摸摸自己，感覺自己好像是胖了不少，好像確實是變大了。

「奇怪，」平平疑惑道：「我每天划船，運動量這麼大，為什麼還

會胖了這麼多？」

「不是胖，是大了，」田鼠再一次強調「大」這個字，「你在長大，難道你不知道嗎？」

「長大？怎麼會呢？」平平喃喃著：「我怎麼從來都不知道？」

「那你瞧瞧在你旁邊，現在有一大半都被你擠到水裡去的東西是什麼？不就是你蛻下來的舊皮嗎？」

「什麼？」平平不敢置信地對著那團有一大半垂在水裡的皺巴巴的東西看了半天，張口結舌道：「你說這麼惡心的東西是我蛻下來的？」

由於覺得那團怪東西實在是太惡心了，平平一邊說著，一邊趕緊用槳把那團怪東西統統趕到水裡去。

「喂，那明明是從你身上蛻下來的舊皮，你怎麼會這麼嫌棄啊？」田鼠奇怪道：「你每蛻去一層舊皮，身體就會長大一點，皮膚也會變得更好一點，你們毛毛蟲不都是這樣的嗎？你怎麼還會這麼吃驚？」

「啊，什麼？你說我是什麼？」平平突然呼吸急促，差一點兒就喘不過氣來。

「毛毛蟲啊，怎麼啦？」

「不對吧？我明明記得我正式的名字是兩個字的，不是三個字的！」平平急著分辯道。

「那我就不清楚了，」田鼠聳聳肩，「反正我知道你是毛毛蟲，這是絕對不會錯的，我又不是沒見過毛毛蟲，不過──」

田鼠想了一會兒，納悶道：「那些毛毛蟲後來都到哪裡去了呢？真奇怪！」

「是啊，真奇怪，」平平也在這麼說：「我的皮膚好像不大一樣了，好像變好了？」

這是真的。平平發現自己的皮膚變得比較有光澤，也比較有彈性了。

看來田鼠真的沒有在騙他。

「唉，」平平嘆了一口氣，「原來我真的是毛毛蟲！」

「怎麼了？你是糊塗了？還是喪失記憶過？」田鼠問道。

「我也說不清楚——反正，前幾天有兩條小魚一直問我是不是毛毛

蟲，我還堅持說不是呢，沒想到弄了半天原來我就是！」

田鼠說：「幸好你當時沒承認，否則一定早就被他們給吃啦！」

「可是我不是故意不承認的，我當時是真的不知道！」

「嘿，聽聽你在說什麼，你這個小兄弟可真奇怪，你陰錯陽差逃過一劫，應該高興才對，何必懊惱呢！這只能怪他們自己太傻啦，居然還會問你是不是毛毛蟲！」

田鼠這麼一說，平平真是無言以對。是啊，能逃過一劫，能活下來，不是很好嗎？他還想去小河的左岸看看呢，如果進了小魚的肚子，那可就什麼也看不到了。

剛這麼想著，平平聽到田鼠又問道：「對了，你要去哪裡啊？我還

是頭一回在河面上看到毛毛蟲哩。」

「我想去小河的左岸，可是——怎麼辦，我這條小船好像不能用了——哎，早知道我應該無論如何都划那條雙人座的！」

田鼠沒在意平平所說的什麼雙人座，只是很熱心地對平平說：「你這條小船當然不能用了，沒關係，我幫你去找一條新的船。」

沒過多久，田鼠就小心翼翼地啣來了一片睡蓮的葉子。

「看，瞧我給你找來一條多好的船，」田鼠說：「不僅造形別致，還超級防水，非常安全。」

田鼠說的並不誇張。圓圓的蓮葉不但相當堅韌，表面還有一層蠟質，非常光滑，水分根本不容易停留在葉片上。

「怎麼樣？空間夠大了吧？你再多蛻幾次皮都不成問題！」田鼠繼續說：「再看看我給你準備的槳，和這條小船可是成套的哪，不錯吧！」

所謂的「槳」，其實就是睡蓮的莖，是田鼠在水面下替平平咬斷的。

這還沒完，田鼠又搬來好幾片嫩嫩的小葉片，放在蓮葉小船上。

「哪，這些是我給你準備的食物，讓你在路上吃。」

平平真是感動極了。「田鼠先生，你實在是太好了——為什麼你要對我這麼好啊！」

田鼠憨憨地笑笑，「哪裡哪裡，不客氣！老實說，我就是喜歡毛毛蟲，我喜歡看毛毛蟲啃葉子，那個樣子實在好可愛哦。」

說著，田鼠拿出一根玉米，提議道：「咱們一起吃早餐吧，吃完你再走。」

於是，田鼠啃著玉米，平平啃著嫩葉，兩人愉快地共進早餐；兩人啃東西的模樣幾乎一模一樣，都是從左到右、一排一排地啃。

臨出發時，田鼠好心提醒平平道：「你在划船的時候可別只顧著埋頭苦划，也要記得經常抬頭看看，多多提防啊！」

平平不明白，「提防？提防誰呀？」

「當然是小鳥啊！不管是什麼樣的小鳥，都很可怕！他們總是突然出現，一下子就抓走我的朋友，然後又迅速騰空飛去，簡直是有翅膀的惡魔！我到現在已經損失好幾個朋友了，我不希望你也遭到不幸！」

看田鼠說得如此誠懇，平平突然激動道：「要不然我們一起過河吧！我們永遠在一起，永遠做好朋友！」

然而，田鼠卻又驚又怕，幾乎是想也沒想就拒絕了。

「一起過河？我的老天爺！原來你是說真的呀！我還以為你只是隨口說說而已啊！那豈不是得完全暴露在藍天之下？那些可惡的會飛的惡魔豈不是一眼就能看到我？那怎麼行！那多可怕！還是算了吧，你還是在這附近有樹葉遮掩的地方划一划、過過癮就算了吧！」田鼠喋喋不休道。

不過，儘管田鼠不肯同行，直言相勸平平最好也放棄，平平還是划著嶄新圓圓的蓮葉船，繼續前進。

　　平平沒有忘記田鼠的提醒，常常抬頭注意天空；這是前幾天他不曾有過的舉動。

　　這天，雖然天氣很好，可是平平前進的速度卻比前幾天都要來得慢。倒不是新的蓮葉船比較重，而是他的體力好像大不如前，不知道怎麼回事，好像老要休息。

平平覺得很納悶，「真想不通，我的身體明明長大了，力氣也變大了，為什麼反而這麼容易累，好像體力反而變差了？還老是覺得很睏，老想打瞌睡？……」

想著想著，他又睏了。就在平平的意識開始有些朦朧的時候，他無意中抬頭一看，忽然看到一團藍藍的東西正從空中俯衝下來。

「咦，那是什麼？」一開始，平平不知道那是什麼，等到他猛然驚覺這一定就是田鼠所說的可怕的小鳥時，大叫一聲「糟了！」之後，就馬上本能地把槳從水裡抽出來，胡亂揮動，想要作為武器保護自己。

那團東西飛到附近亂石間的一截枯木上就

停住了。這確實是一隻鳥，一隻腹部是米黃色、背上是鮮豔的寶藍色，嘴巴又尖又細的翠鳥。

翠鳥盯著平平看了一會兒，喃喃地說：「啊，真的是一隻毛毛蟲啊。」

奇怪的是，翠鳥看起來一點也沒有興奮的樣子，無論是神情或聲音都充滿了悲傷。

平平覺得很意外，不由得心想：「如果小鳥真的這麼可怕，如果他要對我不利，照說他現在應該很高興才對呀……」

這麼一想，平平就漸漸不那麼害怕了，但還是不敢放開槳。

翠鳥問道：「小傢伙，你要去哪裡？」

「我想去河的左岸。」

「你是從哪個方向過來的？」

「那裡。」平平指指身後。

「那你已經差不多划了快一半了。」

「啊，只是快一半！」平平大呼，非常失望，「我還以為應該快到了呢。」

「不容易了，你這麼小，已經划了這麼遠……」翠鳥的口氣竟然滿慈愛的。

「你──不會傷害我吧？」平平謹慎地問道。

萬一翠鳥打算要傷害他，那麼──他的旅

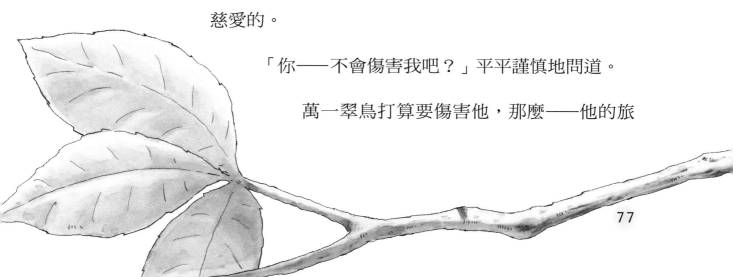

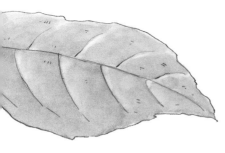

程，他的壯舉，可就要被迫畫下休止符了。不過，儘管只交談了幾句，平平卻能感受到眼前這鳥兒似乎沒有要傷害他的意思，他那麼問，只不過是想證實一下。

果然，翠鳥說：「傷害你？不，怎麼會呢？看到你令我想起我的三個寶寶——直到現在我好像還能聽到他們叫我『媽媽』的聲音——我怎麼忍心傷害你呢？不會的。」

平平總算鬆了一口氣，終於放下了手中的槳。

他也這才弄明白，原來眼前這鳥兒是「她」，而不是「他」，原來這是一個鳥媽媽啊。

「那你的寶寶呢？」平平天真地問道：「他們怎麼沒跟你在一起？」

「唉，」翠鳥被平平這麼一問，頓時就眼淚汪汪道：「他們被幾個男孩給抓走了！我告訴你，你一定要留心那些男孩，他們是世界上最可怕的動物！——那天，我像往常一樣，唧了幾隻像你一樣胖嘟嘟的毛毛蟲要回去餵我的寶寶，沒想到卻眼睜睜地看到幾個男孩正在搗毀我的家！當時我拚命想保護我的寶寶，可是敵人實在是太強大了啊！」

平平想起在過河之前，好像也曾經聽蜻蜓先生說過，「男孩」這種動物非常可怕。平平想像著鳥媽媽所形容的畫面，不免感到心驚膽戰……

除此之外，平平還有另外一種情緒。他當然很同情眼前這傷心的鳥媽媽，但也忍不住聯想

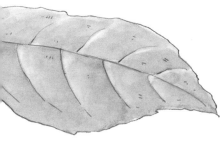

到，自己是不是該慶幸鳥媽媽今天不用為寶寶們找食物，否則——他簡直不敢再想下去了！

翠鳥低下頭，重重地嘆了一口氣，「唉，不說了，我要走了，我要離開這個令我心碎的地方。」

翠鳥強打著精神，振振翅膀，就在她即將起飛的時候，又回過頭來看著平平，好心地提醒道：「我覺得你最好化妝一下，這樣會比較安全。」

「化妝一下？這是什麼意思？」平平不懂。

「你看我的羽毛為什麼會這麼亮、這麼藍？其實是一種掩護，用來警告敵人，我很難吃，也許還會有毒——當然，這招對於男孩那種動物

一點用處也沒有──」

翠鳥再也說不下去，就黯然神傷地飛走了。

平平則愣在原地好一會兒之後，才慢慢緩過神來。

他很想採納翠鳥的建議，可又實在不知道到底該怎麼做才能把自己變成像翠鳥那樣的顏色。正在煩惱的時候，平平突然發現有一艘豪華大船正慢慢朝他漂過來。

（其實只是一個不講公德的傢伙隨手扔進河裡的空紙盒。）

「喂，有人嗎？」平平扯著嗓子問道：「請問我可以坐嗎？」

平平心想，雖然他不懂「化妝」是怎麼回

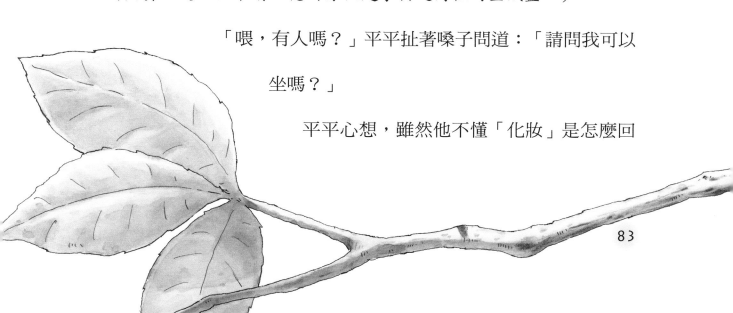

事，但至少他可以藏起來，這樣敵人也就不容易發現他了。

平平叫了半天，都得不到任何回答。當他意識到這居然是一艘無人船的時候，真是大喜過望。

「太好了！這是誰送給我的？是誰在幫我呢？」來不及多想，平平趕緊先努力靠近那艘大船，再一扭一扭地爬進船艙。

好不容易才躺在船艙裡的平平，氣喘吁吁地到處東看西看，愈看愈滿意。

就在這時，平平才注意到一個嚴重的問題——這艘豪華大船沒有槳！

沒有槳，他該怎麼樣讓這艘大船前進呢？

平平一時實在沒有頭緒，再加上累得要命，睏得要命，便乾脆躺了下來，心想：「算了，不管了，等我先睡飽了以後再來想辦法吧！」

才剛這麼想著，平平眼睛一閉，立刻就睡著了……

平平睡得很沉，絲毫沒有察覺在他熟睡的時候，船兒竟會順著水流徑自往前漂流，也不知道自己的身體竟然會在他不知不覺之中，一步一步起了奇妙的、極大的變化……

當船兒靠岸的時候，平平仍然在船艙裡酣睡。

一隻在河邊戲水的小狗，無意中把船兒連同裡頭的平平一起叼上了岸，又隨意拋在幾朵吊鐘花下。

平平就在吊鐘花所發出的清脆悅耳的鈴鐺

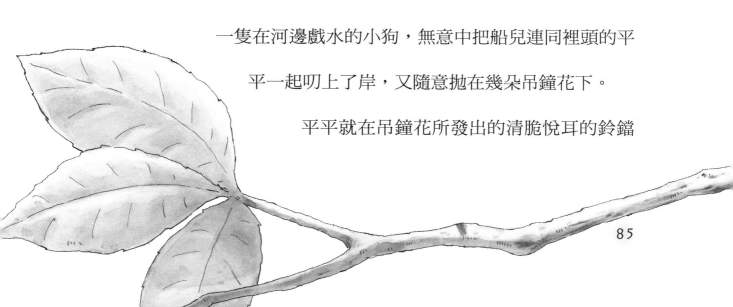

聲中，繼續酣睡。

平平睡了好久好久。有一天，他終於睡飽了。

當他一睜開眼睛，立刻有一種非常奇妙的、神清氣爽、煥然一新的感覺。

事實上，他的確是煥然一新。平平變成了一隻蝴蝶！

「哎呀，太好了！我變身啦！我會飛啦！用飛的就快得多啦，這樣我馬上就可以到小河的左岸啦──」

平平興奮地直嚷嚷。還沒嚷夠呢，有人卻打斷他道：「平平，別傻了，你現在已經在小河的左岸了。」

平平循聲一看，這回原來是另外一隻蝴蝶正在和他說話。

「咦，你是誰？」平平奇怪道：「你怎麼知道我的小名？」

萬萬想不到，那隻蝴蝶竟然說：「難道你還猜不出來？我是安安啊！」

「安安？哎呀，安安！是你！」平平真是驚喜莫名，「你怎麼也在這裡？」

安安笑道：「我不是一直想等等看有沒有好辦法過河嗎？誰知等著等著我就變成了蝴蝶，所以就飛過來啦。」

「蝴蝶！對了，就是這個名字！這就是我們的名字！之前我一直想不起來！」現在平平終於弄清楚了。

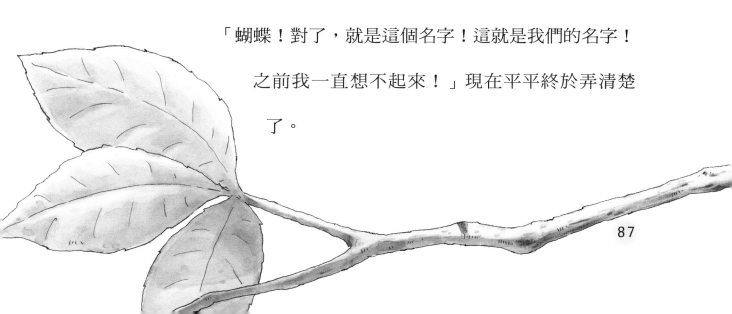

兩個老朋友久別重逢，都很高興。

安安說：「你走了以後我一直好擔心你，你這一路上一定吃了不少苦頭吧！」

「還好啦。」平平說。

「如果當時你肯和我一起多等一下，就可以一起輕輕鬆鬆地飛過來了。」

平平想了一想，「不過，我覺得我這樣過河還是滿有意思的。」

「是嗎？你都碰到了什麼？看到了什麼？」安安很好奇。

「這些都等以後再慢慢告訴你吧，」平平微笑道：「現在，咱們還是趕快一起逛逛吧！」

於是，兩個好朋友十分輕盈又優雅地在花叢間翩翩飛舞，非常開心。這個令他們嚮往許久的地方確實很美。可是——說也奇怪，現在當他們隔著小河再回望過去所生活過的地方，也就是小河的右岸時，兩人又突然一致覺得小河的右岸好美好綠好靜，而且——好像比這裡還要棒！

　　這是怎麼回事？真的是這樣嗎？

　　平平和安安商量過後，決定要一起飛到右岸，再回去仔細瞧瞧……

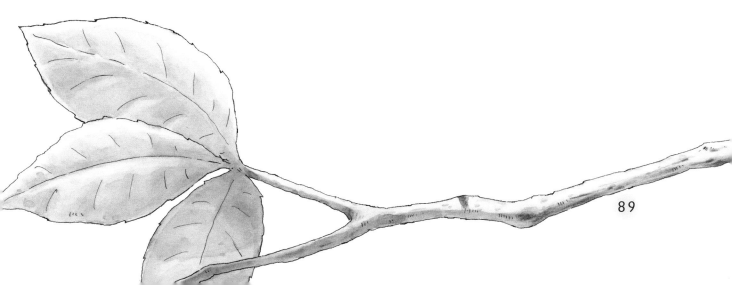

國家圖書館出版品預行編目資料

毛毛蟲過河／管家琪著；貝果圖. -- 初版. --
- 台北市： 幼獅，2009.04
　　　面； 公分. --（新High兒童. 童話館：
4）

ISBN 978-957-574-722-0（平裝）

859.6　　　　　　　　　　98000700

・新High兒童・童話館4・

毛毛蟲過河

作　　　者＝管家琪
繪　　　圖＝貝　果
出 版 者＝幼獅文化事業股份有限公司
發 行 人＝李鍾桂
總 經 理＝王華金
總 編 輯＝劉淑華
副總編輯＝林碧琪
主　　　編＝林泊瑜
美術編輯＝裴蕙琴
總 公 司＝10045台北市重慶南路1段66-1號3樓
電　　　話＝(02)2311-2836
傳　　　真＝(02)2311-5368
郵政劃撥＝00033368

印　　　刷＝祥新印刷股份有限公司
定　　　價＝250元
港　　　幣＝83元
初　　　版＝2009.04
二　　　刷＝2017.11
書　　　號＝987176

幼獅樂讀網
http://www.youth.com.tw
e-mail：customer@youth.com.tw

幼獅購物網
http://shopping.youth.com.tw